AF246229

L'AUBERGE ALLEMANDE,

PROLOGUE EN VAUDEVILLES,

DE

L'ENFANT ET LE GRENADIER,

PAR MM. P. VILLIERS ET BRAZIER.

Représenté pour la première fois, à Paris, sur le Théâtre de la Salle des Jeux Gymniques, le 20 Octobre 1810.

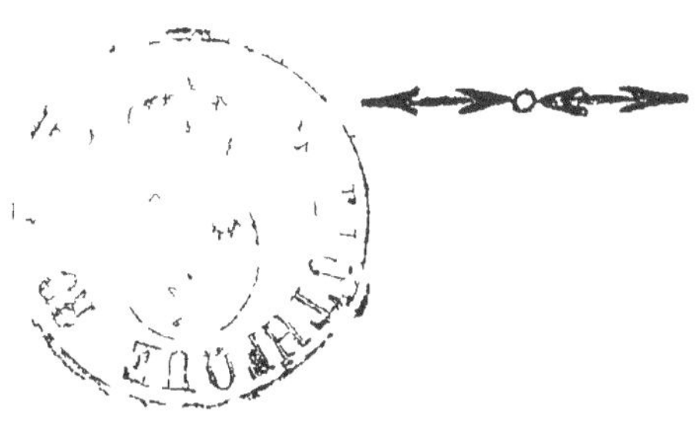

PARIS,

Chez BARBA, Libraire, Palais-Royal, derrière le Théâtre Français, N°. 51.

1810.

———————————————

PERSONNAGES.   ACTEURS.

Mad. GOUTMAN, Aubergiste. Mad. *Camus.*
SANS-QUARTIER, Grenadier. M. *Lefevre.*

Là scène se passe devant la porte d'une Auberge qui a pour enseigne, à la Grace de Dieu.

L'AUBERGE ALLEMANDE.

SCENE PREMIERE.

Mad. GOUTMAN.

Quel bruit! Quel vacarme! Entendez-vous? Il n'y a plus moyen d'y tenir: si cela continue, il faudra déserter la maison. Ne dirait-on pas qu'il y a une armée toute entière dans ma chambre? il n'y a pourtant qu'une poignée de grenadiers. Si mon pauvre mari vivait encore, que dirait-il de voir l'auberge de la Grace de Dieu changée en un corps-de-garde.... Oui, l'auberge de la Grace de Dieu : c'était lui qui l'avait nommée ainsi.

Air : *De la Romance du Pied de Mouton.*

> Cette enseigne attirait le monde,
> Chacun accourait pour me voir;
> L'un s'écriait : la belle blonde !
> L'autre disait : oh! quel œil noir !
> Quand mon mari m'offrait la pomme,
> Mon mari n'en prenait pas feu...
> Il disait, le pauvre cher homme,
> « Je suis à la Grace de Dieu. »

(*On entend disputer.*) Allons, voilà nos grenadiers qui disputent. . . . mais c'est le verre à la main, il n'y aura que du vin de répandu. . . .

SCENE II.

Mad. GOUTMAN, SANS-QUARTIER.

SANS-QUARTIER, *à la cantonade.*

Je vous parie, je vous jure sur mon honneur, que c'est une calomnie, que madame Goutman est incapable d'une pareille action ; au reste, je vais le savoir dans la minute.

MAD. GOUTMAN.

Qu'a donc monsieur Sans-Quartier? il est ordinairement si doux.

SANS-QUARTIER.

Bon jour, madame Bonhomme.

MAD. GOUTMAN.

Dites donc madame Goutman.

SANS-QUARTIER.

Goutman ou Bonhomme, n'est-ce pas la même chose?

Mad. GOUTMAN.

Vous ne saurez jamais un mot d'allemand.

SANS-QUARTIER.

Quai-je besoin de le savoir. . . .

Air : *De Marianne.*

Eh! pourquoi faut-il que j'apprenne,
Des phrases, quelques mots en l'air!
Pourquoi vouloir que je retienne
Goutman, goutman, et y a mener.
Quel embarras,
Je ne veux pas
Etudier une langue nouvelle;
Par nos progrès,
Par nos succès,
Parler français
Suffira désormais;
Ne nous cassons pas la cervelle,
Car bientôt, je parirais çà,
La langue française sera
La lange universelle.

Mad. GOUTMAN.

J'aurai toujours de la peine à la parler correctement.

SANS-QUARTIER.

Mais ce n'est pas cela dont il s'agit ; les honnêtes
gens, les honnêtes femmes de tous les pays, n'ont qu'un
seul et même langage; ainsi, nous devons nous entendre
tous les deux parfaitement. Je suis Français et grenadier;
et Sans-Quartier, depuis qu'il est en cantonnement chez
vous, vous estime et vous aime ; eh! corbleu! il répon-
drait, sur sa tête, que vous ne pouvez faire un mauvaise
action. Répondez : n'est-ce pas vrai, madame Bonhomme.

Mad. GOUTMAN.

Vous m'effrayez: le ton que vous prenez en me disant
cela. . . .

SANS-QUARTIER.

C'est là le mien, et je n'en changerai pas.... Répondez-
moi : n'est-il pas vrai que vous n'avez pas là.... un cœur....
à deux visages ?

Mad. GOUTMAN.

Expliquez-vous donc, monsieur Sans-Quartier. . . . mais,
expliquez-vous donc bien vite. . . .

SANS-QUARTIER.

On vous accuse d'avoir des intelligences avec nos ennemis,...

Mad. GOUTMAN.

Vos ennemis ?. . . .

SANS-QUARTIER.

Oui.

Mad. GOUTMAN.

Je suis femme et...

SANS-QUARTIER.

Et nous ne fesons pas la guerre aux femmes ; elles ne doivent être pour rien dans nos batailles. On dit que vous informez vos amis, dans la place assiégée, de tout ce qui se passe ici ; on dit, de plus, que vous leur faites passer de l'argent. Eh bien ! vous ne dites rien ?

Mad. GOUTMAN.

Au contraire, je dis quelque chose. . . . je dis que c'est vrai. . . .

SANS-QUARTIER.

Comment, vous pouvez. . . .

Mad. GOUTMAN.

Quand je trouve l'occasion de donner de mes nouvelles à une honnête personne qui m'intéresse, je la saisis avec empressement. Quand je puis acquitter la dette de mon cœur, je le fais encore.

SANS-QUARTIER.

Ta, ta, ta. . . . vous vous-emportez comme un grenadier.

Mad. GOUTMAN.

Je le dois, puisque vous me condamnez sans m'entendre.

SANS-QUARTIER.

Eh ! corbleu ! je ne vous condamne point. De grâce, écoutez-moi.

Mad. GOUTMAN.

Mais, je vous ai bien entendu. . . . Eh bien, oui, je donne de mes nouvelles, je fais passer de l'argent, et si j'apprenais que vous dussiez entrer dans la place que les Français assiégent, je vous chargerais de mes commissions. . . .

SANS-QUARTIER.

Moi ?. . . .

Mad. GOUTMAN.

Vous même.

SANS-QUARTIER.

Vous croyez Sans-Quartier capable. . . .

Mad. GOUTMAN.

Oui, capable, et plus que tout autre, de faire une bonne action.

SANS-QUARTIER.

Ma foi, je commence à croire que vous avez raison.
Allez......je me comporte dans le monde comme à
l'armée.

Mad. GOUTMAN.

Je vais vous quitter pour un instant; je vais vous cher-
cher les pièces de conviction de mon crime, et je me
flatte que vous.... m'embrasserez ; je vous connais à
présent. Adieu, mon ami....

Air : *Du Calife de Bagda.*

C'est bien à tort que l'on s'attache
A la figure, car, vraiment,
En regardant votre moustache,
Je vous croyais dur et méchant.
Mais je rends grâce à mon épreuve,
Puisqu'elle m'a donné la preuve
Que Sans-Quartier, ce bon luron,
N'a de terrible que le nom.

SCENE IV.

SANS-QUARTIER, *seul.*

Son ami, voudrait-elle me me séduire. Oh! non ; que
veut-elle dire avec ses pièces de conviction? elle, jolie
madame Goutman, jeune encore, veuve par-dessus le
marché.....si elle desirait un nouveau mari.....
Allons, elle ne peut me convenir; son auberge est peu
de chose, et moi, je n'ai rien.

Air : *Des Compagnons de voyage.*

L'hymen sans doute a des plaisirs,
Mais c'est au sein de la richesse ;
On ne peut pas aimer sans cesse,
Et l'on ne vit pas de soupirs (bis)
C'est sans doute un joli bagage
Que tout l'attirail de Vénus...
Mais au bout du pélerinage,   (bis)
Il faut, il faut quelques écus
Pour charmer la fin du voyage.

Voici madame Goutman..... chut !

SCENE V.

SANS-QUARTIER, Mad. GOUTMAN.

Mad. GOUTMAN.

Ecoutez-moi tranquillement.

SANS-QUARTIER,

Je suis tout cœur et toute oreille.

MAD. GOUTMAN.

Vous vous rappelez bien, sans doute, ces tems malheureux où dans votre pays on était proscrit si facilement.

SANS-QUARTIER, *lui mettant la main sur la bouche.*

Ne parlons pas de çà, madame Goutman, ne parlons pas de çà.... çà fait trop de mal..... Dieu merci, ces tems-là sont loin de nous.

Air : *J'ai vu partout dans mes voyages.*

Lorsque deux amans bien fidèles
Pendant un jour se sont boudés,
Ils se taisent sur leurs querelles
Dès qu'ils se sont raccommodés.
Ah ! croyez-moi, restez muette,
Et pour jouir d'un bonheur pur,
Ne parlons plus de la tempête
Quand nous avons un ciel d'azur.

MAD. GOUTMAN.

Il y a quelques années qu'il vint loger chez moi un militaire avec sa femme, un fils que vous connaissez.... que vous aimez même.

SANS-QUARTIER.

Que je connais, ... que j'aime. ...

MAD. GOUTMAN.

Mais, oui, laissez-moi donc parler.

SANS-QUARTIER.

Parlez.

MAD. GOUTMAN.

Un militaire avec sa femme et son fils fuyant devant vos troupes victorieuses partout, vinrent se réfugier chez moi ; son épouse me plût par sa candeur. Bientôt nous en vînmes aux confidences. J'appris tous ses malheurs ; elle me laissa voir toute l'horreur de sa situation ; elle était dans la misère la plus affreuse : je lui fis entendre que son mari pourrait prendre du service dans nos troupes ; mais elle reçut mon avis avec indignation !.... et me dit :

Air : *De la Sentinelle.*

D'un bon Français connaissez mieux le cœur,
Son seul pays est tout ce qu'il adore ;
Il le défend au faîte du bonheur,
Et quoiqu'injuste il le défend encore.

Quoi! mon époux irait servir
Chez une puissance ennemie!
Non, si mon époux doit mourir,
Songez que son dernier soupir
Doit ĕ're encor pour sa patrie.

SANS-QUARTIER.

Bravo! bravo, j'aime cette femme-là! mais, que fit ce brave homme pour subvenir aux besoins de sa famille?

Mad. GOUTMAN.

Il se fit garçon menuisier, sa femme brodait et donnait des leçons de français à mon neveu, qu'elle élevait avec son fils. . . .

SANS-QUARTIER.

Voilà ce qu'on appelle une bonne Française.

Mad. GOUTMAN.

Le cher homme, qui n'était pas accoutumé à un genre de vie si pénible, tomba malade. Il dissimula long-tems ses douleurs. Enfin, après une maladie grave et longue, il mourût dans mes bras: sa femme voulut me quitter dans la crainte de m'être à charge, je m'y opposai.

SANS-QUARTIER.

Bien, bien, madame Gautman, que je vous embrasse. (*Il l'embrasse.*)

Mad. GOUTMAN.

Ah! comme vous me serrez!. . . .

SANS-QUARTIER.

Comme une mère. . . . et. . . .

Mad. GOUTMAN.

J'ai forcé cette bonne dame à rester chez moi avec son fils, et encore un petit enfant dont elle est accouchée ici il y a trois ans. Du moment qu'elle a appris que vos troupes marchaient dans ce pays. elle s'est réfugiée dans la ville voisine, où elle est avec son jeune enfant. Jugez de mon plaisir quand je puis lui donner de mes nouvelles.

SANS-QUARTIER.

Et ce petit ami?. . . .

Mad. GOUTMAN.

Ce petit ami, c'est ce jeune Adolphe que vous voyez chez moi, qui vous amuse tant par ses gentillesses, qui fait rire vos vieilles moustaches; c'est celui qui m'appelle sa mère, parce que j'en ai la tendresse, parce que je lui en servirai jusqu'à la mort.

SANS-QUARTIER.

Je crois, dieu me damne, que je pleure.

Mad. GOUTMAN.

Pleurez, pleurez; il n'y a que les bons cœurs qui ont ce plaisir-là.

SANS-QUARTIER.

Vous avez raison.

Air : *ça fait toujours plaisir.*

Ma douleur est extrème
De voir des malheureux;
Mais n'ayant rien moi-même,
Je ne peux rien pour eux.
De calmer leurs alarmes,
Je n'ai que le désir ;
Mais j'ai toujours des larmes
A pouvoir leur offrir...
Çà fait (bis) toujours plaisir.

Mad. GOUTMAN.

Monsieur Sans-Quartier, regardez-moi là. . . .

SANS-QUARTIER.

Madame Goutman, je vous regarde.

Mad. GOUTMAN.

Me croyez-vous fémme à tenir ma parole ?

SANS-QUARTIER.

Je le crois.

Mad. GOUTMAN.

Je vous crois aussi homme à tenir la vôtre.

SANS-QUARTIER.

Corbleu!. . . .

Mad. GOUTMAN.

Jurez-moi !

SANS-QUARTIER.

Je jure. . . .

Mad. GOUTMAN.

Si vous entrez vainqueur?

SANS-QUARTIER.

En doutez-vous ?

Air: *des Portraits à la Mode.*

Au tems jadis, des bataillons nombreux,
Devant le fort; le fort le moins fameux,
Restaient campés au moins un an ou deux :
    C'était la vieille méthode...
Mais à présent qu'on est mieux excité
Que rien n'arrête l'intrépidité ,
En quatre jours un fort est emporté,
    Voilà les siéges à la mode.

L'Auberge Allemande.   2

MAD. GOUTMAN.

Eh bien ; donc, promettez-moi. . . . si vous. . . .

SANS-QUARTIER.

Eh bien ?

MAD. GOUTMAN.

Si vous rencontrez cette brave femme et son fils, de les sauver, de leur remettre cette petite somme, bien petite à la vérité, mais qui l'aidera à supporter quelque tems sa pénible existence.

SANS-QUARTIER.

Comment la reconnaître ? son nom ?

MAD. GOUTMAN.

Madame Volmare.

SANS-QUARTIER, *vivement*.

Volmare, Volmare, dites-vous ?

MAD. GOUTMAN.

Oui, Volmare.

SANS-QUARTIER.

Et son mari, comment se nommait-il ?

MAD. GOUTMAN.

Volmare, puisque c'est sa femme ?

SANS-QUARTIER.

Son pays ?

Madame GOUTMAN.

Rennes.

SANS-QUARTIER.

Madame Goutman, regardez-moi là.

MAD. GOUTMAN,

Monsieur, Sans-Quartier, je vous regarde.

SANS-QUARTIER.

Comptez sur moi. (*On entend appeler*) On vous appelle, allez voir ce qu'on vous veut. . . . Je vous attends au poste fixe. . . . (*Elle sort.*)

SCENE V.

SANS-QUARTIER, *seul*.

Volmare, de Rennes ; oui, c'est lui, c'est elle ; ce sont les anciens maîtres de mon père. Ce sont ceux dont le nom est béni dans tout le pays. C'est lui, c'est elle que l'on regrette, que tous les malheureux pleurent, le brave

général Volmare ; il est mort de misère plutôt que de
porter les armes contre son pays : brave homme ! si je
servirai votre épouse ? si je sauverai votre fils. . . . si je. . . .
Oh ! oui ! le ciel m'en fournira l'occasion. . . .

Air : Ah ! Que je sens d'impatience.

> Oh ! que je sens d'impatience
> De me mettre vite en chemin ;
> Oui , je conserve l'espérance
> De leur être utile demain.
> A peine dans la ville ,
> Je demande l'asile
> Des malheureux proscrits
> De mon pays.
> Si je retrouve cette dame,
> Et son joli petit marmot ;
> Alors aussitôt,
> Sans leur dire un mot ,
> Je leur saute au cou :
> Grands Dieux ! est-il fou !
> On me fixera,
> Me remarquera ,
> Chacun s'écrira :
> Oh là ! oh là ! oh là ! oh là !

Moi, je n'écoute personne, je leur dis, messieurs, c'est
la bonne maîtresse de mon père, c'est le fils de notre
ancien maître. . . . je dois les sauver, les protéger. . . .
Ah ! grand Dieu ! que ne suis-je à ce moment-là ? Quelle
ivresse, quel bonheur. . . . j'en mourrai, oui j'en mourrai
de plaisir.

> Une ame ,
> N'est pas assez pour ça.

Et cette bonne madame Goutman ; quelle générosité ! cette
petite bourse est peut-être la seule qu'elle possède. . . .
(Il va pour l'ouvrir.) c'est son secret, il faut le respecter ;
j'ai de l'argent aussi, moi, je puis être généreux comme
elle. . . . (Il prend de l'argent, et le glisse dans la
bourse.) c'est peu de chose, mais je le donne d'un bon
cœur. . . . (Madame Goutman entre) Ah ! vous voici. . . .

SCENE VI.

Mad. GOUTMAN, SANS-QUARTIER.

MAD. GOUTMAN.

Eh bien, qu'avez-vous donc ? comme vous êtes ému. .

SANS-QUARTIER.

C'est de plaisir. . . .

MAD. GOUTMAN.

Je n'en ai guère, moi; on m'appelait pour régler vos
comptes; et que votre commandant vient de recevoir l'ordre
de vous porter en avant. . . . Je frémis pour vous. . . .
Ah! quel métier?

SANS-QUARTIER.

Comment, quel métier! mais, il n'y en a pas de plus
agréable. . . .

Air: *Ah! voilà la vie.*

Aimer, rire et boire,
Ne trembler jamais;
Après la victoire
Chanter son succès:
Ah! voilà la vie,
La vie suivie;
Ah voilà la vie
De tout soldat français.

Aimer brune et blonde,
Se bien battre, mais
Pour le bien du monde
Desirer la paix:
Voilà la devise
Bien prise, bien prise;
Voilà la devise
De tout soldat français.

MAD. GOUTMAN.

C'est une jolie vie. . . .

SANS-QUARTIER.

Avouez que rien n'est beau comme une armée qui se met
en marche.

Air: *Tout ça passe.*

Bien qu'à ce charmant coup d'œil
Ma vue est accoutumée,
Je regarde avec orgueil
Défiler toute une armée.
Ces guerriers toujours fidèles,
Les femmes et les enfans,
Les caissons et les gamelles,
Tout ça marche (bis) en même tems.

MAD. GOUTMAN.

Cela me fait trembler.

SANS-QUARTIER.

Ça n'est pas tout.

(13)

Même air.

Suivez-les au champ d'honneur :
C'est bien un autre tapage ;
Plus de rang , plus de grandeur ;
On fait assaut de courage.
Les Maréchaux de l'Empire,
Les soldats et les sergens,
Et l'Empereur qu'on admire ,
Tout ça frappe (bis) en même tems.

(*On entend battre la générale.*)

J'entends la générale ; je vous quitte à regret , madame Goutman ; le devoir avant tout. Je reviendrai vous voir , je l'espère. . . à moins que. . .

(*Il fait le signe d'être tué.*)

MAD. GOUTMAN.

Ah ! monsieur Sans-Quartier , vous me faites trembler ! . . . .

(*On entend battre l'appel.*)

Voici l'appel ; adieu madame Goutman , conservez le souvenir de Sans-Quartier ; J'ai un pressentiment que cette journée sera heureuse.

MAD. GOUTMAN.

Je vous promets de faire tout ce que vous voudrez ; et si nous avons la paix , j'illuminerai partout.

Air : *du Ménage de garçon.*

Oui, pour conserver la mémoire,
De cet heureux événement,
Je prétends , pour chaque victoire,
Illuminer différemment.   (bis)
Par une adroite allégorie,
Que tous vos hauts-faits soient offerts..

SANS-QUARTIER.

Vous allez , dans votre folie,
Illuminer tout l'univers.

(*On entend une seconde fois battre la générale.*)

Adieu madame Goutman.

MAD. GOUTMAN,

Adieu , monsieur Sans-Quartier. . . . que je vous embrasse. . . . vous êtes un brave homme ! . . . .

SANS-QUARTIER.

Vous avez raison , embrassons-nous, on ne sait pas ce qui peut arriver. . . . mais, tout ira bien. . . .

VAUDEVILLE.

Air : *de Vadé à la Grenoullière,*

SANS-QUARTIER.

Vainement en guerre, en amour,
Un Argus, une sentinelle,
Veulent défend're tour-à-tour
Une fille, une citadelle.   (bis)
Toujours l'amant et le soldat
Sortiront, quoiqu'on puisse faire,
Et du boudoir et du combat,
Avec les honneurs de la guerre.

———

La toile se lève. On voit le bataillon de la demi-brigade du 46ᵉ. en bataille. Un sergent fait l'appel ; chaque grenadier répond. On appelle *La Tour d'Auvergne ;* le porte-drapeau répond : MORT AU CHAMP D'HONNEUR ! On bat la marche, et le régiment défile.

MAD. GOUTMAN, *au Public.*

Lors que des grenadiers français
S'élancent au champ de la gloire,
On peut assurer leurs succès,
Ils ont enchaîné la victoire.
Messieurs, s'il s'élève un débat
Entre l'auteur et le parterre,
Tâchez qu'il sorte du combat
Avec les honneurs de la guerre.

La toile baisse.

L'ENFANT ET LE GRENADIER,

FAIT ET TABLEAUX

Historiques, en deux Actions et à grand
Spectacle;

Par P. VILLIERS;

Musique de MM. ALEXANDRE PICCINI, attaché à la
Musique particulière de S. M. l'Empereur et Roi, et
DARONDEAU;

Mis en scène par M. CAMUS.

*Representés, pour la première fois, à Paris,
sur le Théâtre de la Salle des Jeux
Gymniques, Porte Saint-Martin, le Sa-
medi 20 Octobre 1810.*

———

PARIS,

Chez BARBA, Libraire, Palais-Royal, derrière
le Théâtre Français, N°. 51.

———

1810.

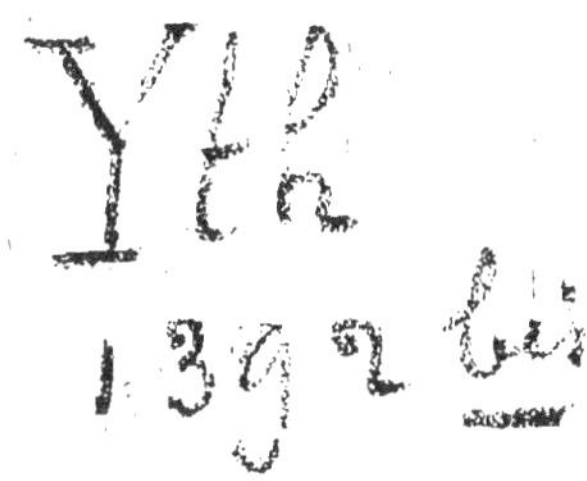

PERSONNAGES.   ACTEURS.

Mad. VOLMARE.	Mad. *Spitallier.*
FÉLIX , son Fils.	La petite *Henri.*
Mad. GOUTMAN.	Mad. *Camus.*
SANS-QUARTIER , Grenadier.	*Lefèvre.*
Un Général en Chef.	*Livaros.*
Un Général de Division.	*Creuseton.*
Un Colonel.	*Dumouchel.*
Un Commandant de place.	*Justin.*
Un Valet niais.	*Klein.*
Une Vivandière.	Mlle. *Letellier.*
Un Bouguemestre.	*Thierry.*
Officiers civils.	
Soldats.	
Bourgeois.	
Un Chirurgien.	
Des Pandours.	

L'ENFANT

ET LE GRENADIER,

Fait historique à grand spectacle.

PREMIÈRE ACTION.

La scène représente une place publique ; des soldats de toute arme sont rangés en bataille ; le commandant est au milieu et entouré de son état-major, du Bourguemestre et des officiers civils. Les fenêtres des édifices sont garnies de curieux. Des vieillards, des femmes, des enfans sont groupés sur le devant de la scène, d'autres garnissent les creneaux des bataillons. Les canonniers à leurs pièces, sont prêts à y porter la mèche.

Tout ce tableau, dont chaque personnage est animé diversement, doit présenter un seul intérêt, celui de l'attente d'un grand événement.

On doit voir dans le lointain des feux de maisons embrasées qui s'éteignent.

A droite, sur le premier plan, un grand édifice,
l'hôtel-de-ville. On y monte par un grand
escalier, dont plusieurs marches ont été dé-
truites par les bombes.

PREMIER TABLEAU.

Un officier de l'état-major annonce un parlementaire français. Aussitôt tout s'anime sur la
scène. Le gouverneur commande le plus grand
silence. Il s'entretient avec ses officiers et les au-
torités civiles.

L'espérance, le courage se peignent sur les
figures.

IIᵉ. TABLEAU.

On amène le parlementaire les yeux bandés.
Il est conduit près du gouverneur, à qui il remet
un rouleau. Le gouverneur le montre ; il porte
ses mots :

Toute résistance est impossible , rendez la ville.

A peine tous les yeux fixés sur sa cartouche,
ont-ils parcouru ces mots , que spontanément
tous les bourgeois, dans une attitude suppliante,
invitent le commandant à souscrire à la reddition
de la place.

De leur côté, tous les militaires, en repoussant
la multitude, expriment, par leur pose et leur
geste, le sentiment contraire qui les anime.

Le gouverneur écrit les mots suivans, qu'il
montre.

Fidèle aux lois de l'honneur, je m'ense-
velirai sous les ruines de la place.

Il se fait un mouvement d'indignation parmi les bourgeois, qui contraste avec la joie des troupes. Quelques murmures se font entendre. Alors le commandant ordonne un roulement ; fait signe qu'on éloigne les bourgeois qui, tous effrayés, sont forcés de se cacher derrière les rangs des soldats. Par cette manœuvre, la scène ne conserve plus qu'un aspect militaire.

III_e. TABLEAU.

Alors, le commandant fait débander les yeux au parlementaire ; et, en lui remettant sa réponse, il lui montre ses vieux guerriers prêts à mourir plutôt que de se rendre : interrogé par lui, ils agitent leur chapeaux en signe de satisfaction.

IVe. TABLEAU.

A peine le parlementaire est-il sorti, que le commandant donne des ordres pour que les postes soient de nouveau occupés ; et chaque commandant, après avoir salué, se retire.

V^e. TABLEAU.

Alors, le bourguemestre, les bourgeois se groupent en suppliant, les mains tendues, et d'autres présentent, pour l'émouvoir, des vieillards, des enfans. (Madame Volmare et son fils doivent toujours être sur le premier plan.) Rien ne peut le faire changer de résolution ; comme on insiste, il donne impérativement l'ordre que tous les bras inutiles se retirent sur-le-champ, et il indique, comme lieu de sûreté, le bâtiment bastingué de l'Hôtel-de-Ville. Grand nombreys réfugie. Madame Volmare y monte avec son fil qu'elle dépose au premier étage.

V Ie. TABLEAU.

On entend tirer un coup de canon, signal de la reprise des hostilités; il est répondu par un coup tiré de la place.

Tout est en mouvement; les pièces, les obus, les mortiers, les caissons, l'artillerie répond à l'artillerie française, etc.

Plusieurs bourgeois font le service des pièces. Pendant ce tumulte, madame Volmare, qui est descendue, occupe le devant de la scène avec quelques vieillards et quelques femmes qui gémissent sur leur sort.

VIIe. TABLEAU.

On rapporte des blessés; on les panse. Quelques soldats effrayés se répandent sur la scène, y jettent l'épouvante. Les bombes ennemies qui tombent sur quelques bâtimens qu'elles embrâsent, augmentent le désordre; il est à son comble, quand un fuyard, en arrivant, déploie un cartouche, où on lit: *Les Français sont maîtres de la poterne; sauve qui peut.* A l'instant, on entend battre la charge; une bombe lancée sur l'Hôtel-de-Ville y met le feu: l'incendie rapide embrâse le toît, et va toujours croissant. Plusieurs personnes se pressent pour descendre. Madame Volmare, appercevant la flamme, jette un *cri de mère*, et se précipite à travers les flots qui couvrent le péristile. On la voit dans un état de désespoir s'y faire jour. Elle est à peine parvenue au second étage, que le péristile croulant ne laisse plus de recours à ceux qui sont dans les deux étages du bâtiment.

VIII_e. TABLEAU.

Pendant cette scène horrible, les Français inondent la place, et, devant eux, fuyent les ennemis.

On apperçoit en ordre de marche un bataillon de la 46e., tambour battant, drapeaux déployés, la bayonnette en avant, au pas de charge. Au haut de la hampe du drapeau, au dessous de l'aigle, est attaché un coffret d'argent. sur lequel sont gravés ces mots: *Cœur du premier grenadier de France.*

IXe. TABLEAU.

Au milieu du désordre inséparable d'une ville emportée d'assaut, l'œil est fixé sur le bâtiment incendié de l'Hôtel de Ville. Madame Volmare qui a saisi son enfant, et, vu le danger et la mort inévitables, le présente de fenêtres en fenêtres, en implorant la pitié. Tout est sourd à sa voie, à ses cris. Le bruit des combattans, le train d'artillerie, tout ajoute à l'horreur de sa situation déchirante. Elle disparaît un instant, puis on la voit revenir avec son fils encore qu'elle dépose au bas de la croisée intérieure; puis elle attache aux barreaux de cette même croisée, un drap. Alors, après s'être assuré de sa solidité, elle prend son fils, l'enveloppe du devant de sa robe dont elle saisit le bout avec ses dents. et, passant par-dessus les barreaux, elle se laisse glisser. Elle est au milieu de l'espace qui la sépare du sol qui, à la lueur de la flamme qui sort par la fenêtre, éclaire ce tableau. On entend un craquement. . . . c'est le premier barreau qui rompt. . . , et donne à cette tendre mère une secousse horrible,

Enfin, elle descend à terre, tombe évanouie, et son fils se joue sur son sein qu'il couvre de ses innocentes caresses.

Xe. TABLEAU.

Pendant les combats qui se livrent, Sans-Quartier, grenadier de la 46e., appercevant ce petit enfant prêt à être écrasé sous les roues des pièces d'artillerie, court à lui, cherche envain à ranimer madame Volmare, la croit morte, et soudain il ôte son sac, jette au hasard tout ce qu'il renferme, *sa pipe exceptée*, y place l'enfant, remet son sac et reprend son rang.

XIe. TABLEAU.

Les ennemis fuyant devant le bataillon de la 46e., Sans-Quartier, avec son joli fardeau, fait souvent feu. Le petit Félix tourne la tête à chaque coup. Le grenadier qui l'encourage, lui dit :

Ne bouge pas petit, çà va finir.

XIIe. TABLEAU.

Arrive un officier supérieur, le carnage finit; les

vivandières, etc., entrent. Le général donne ses ordres à la 46e. qui défile.... l'ordre renaît; on enlève les morts et les blessés. On s'approche de madame de Volmare, qui donne quelques signes de vie. Une vivandière lui fait boire quelques gouttes d'eau-de-vie. Un niais, valet d'armée, jette un peu de gaîté sur cette scène.

XIIIe. TABLEAU.

Plusieurs officiers se groupent autour de madame de Volmare qui, à peine rendue à la vie, promène ses regards égarés autour d'elle, jette un cri d'effroi en ne trouvant point son fils. Chacun cherche à deviner ses signes. On l'emporte.

Le Rideau baisse.

IIme. ACTION.

La scène représente, d'un côté, la lisière d'un bois ; en avant, une plaine et quelques maisons éparses.

PREMIER TABLEAU.

On voit des patrouilles de Français qui après avoir fuillé le bois et les défilés, et se retirent. Ensuite, sortent du bois quelques tirailleurs qui fuyent devant des soldats français. Des pandours voulant s'embusquer, cherchent quelques gros arbres, des rochers qui puissent les cacher. Ils découvrent une espèce de grotte pratiquée dans un petit tertre qui borde le bois, trois s'y blotissent; le quatrième roule devant l'ouverture quelques abbatis , et s'échape.

IIe. TABLEAU.

Arrive Sans-Quartier, fesant partie d'un peloton d'avant-garde ou tirrailleurs. Il reste seul avec quatre ou cinq grenadiers qui , se croyant en sûreté, font halte, et mettent leurs armes en faisceaux. Sans-Quartier pose Félix à terre. Félix exprime le besoin qu'il a de manger. Sans-quartier va frapper à une porte en face.

III. TABLEAU.

Il en sort un vieillard qui, tout effrayé, se jette aux genoux de Sans-Quartier et lui demande la vie. Sans-Quartier le rassure, lui dit qu'il demande des vivres : le vieillard répond qu'il n'en a point. Sans-Quartier lui répond qu'il en veut. Nouvel effroi du veillard. Sans-Quartier tire sa bourse, et dit qu'il ne veut rien qu'en payant, et pour le jeune enfant. Le vieillard obstiné, refuse toujours. Le grenadier, furieux, entre. — Pendant cette scène, Félix est carressé et consolé par les grenadiers restans.

IVᵉ. TABLEAU.

Les pandours, embusqués, se montrent un peu. L'un d'eux, voyant que les grenadiers s'occupent de Félix, s'avance ; ses camarades le suivent, mettent la bayonnette sur la poitrine des grenadiers. Un pandour se saisit de l'enfant, le menace. Un grenadier renversé sous le pandour, prend adroitement un pistolet qu'il porte à sa ceinture, et le tue.

V. TABLEAU.

A ce bruit, Sans-Quartier sort ; sa surprise, sa colère, il sabre le pandour. Le pandour qui a saisi l'enfant, s'en fait un bouclier. — Sans-Quartier est hors de lui. Le pandour prend Félix par les cheveux, menace de le pourfendre, alors un grenadier tire un coup de fusil, dont il perce le pandour. Félix est repris ; le calme revient. On entend battre la caisse qui annonce l'arrivée des troupes de l'avant-garde. Sans-Quartier se retire en tirailleur.

VIe. TABLEAU.

Des pandours, attirés par le bruit des armes, se montrent sur différens points, et, voyant arriver des Français, ils se mettent en embuscade.

VIIe. TABLEAU.

Arrive madame Goutman qui témoigne l'envie qu'elle a de joindre les troupes françaises. Elle erre sur la scène. Les pandours se jettent sur elle ; elle se défend. Arrive un peloton de Français, le combat s'engage. Madame Goutman se bat en héroïne sur le premier plan. Le combat fini , elle demande aux soldats s'ils n'ont pas vu son amant , un grenadier du 46e. Sur la négative, elle s'enfuit.

VIIIe TABLEAU.

Arrive la 46e. , elle se range en bataille sur le premier plan. Sans-Quartier se place au centre, près du drapeau avec lequel joue l'enfant.

Arrivent successivement d'autres corps, ensuite le général de la division, son état-major et quelques prisonniers de distinction. Ils reçoivent l'accueil dû au courage et au malheur : on leur rend leurs armes.

Le général donne des ordres pour établir des grands-gardes. On annonce que l'avant-garde va camper.

On fait un roulement ; on donne et on com-
munique l'ordre. On bat à la paille. Les troupes
se dispersent, chacun se livre à ses goûts particu-
liers ; les cantines s'établissent, tout prend l'aspect d'un bivouac.

Toujours au premier plan, les grenadiers de
la 46e.

IXe. TABLEAU.

Un groupe se forme autour de Sans-Quartier.
On l'aide à se débarrasser de Félix. Chaque grenadier le caresse tour-à-tour. Félix, libre, se précipite dans les bras de Sans-Quartier, qu'il couvre
de caresses. Les grenadiers lui forment une petite
tente au pied et avec le drapeau. Il devient pour
tout le monde un objet de curiosité et de plaisir.

Xe. TABLEAU.

La vivandière arrive, et son premier mouvement est de demander des nouvelles de son chasseur. Ce chasseur est celui qu'on a toujours vu
en avant se battre et sabrer avec le plus d'ardeur.
On s'empresse de rassurer la vivandière et de lui
dire que son amant respire, qu'il est allé poser
des vedettes.

La vivandière apperçoit Félix, demande qui
il est ; on lui conte l'aventure. Elle prie Sans-
Quartier de lui laisser pour en avoir soin comme
de son fils ; Sans-Quartier refuse. Ses camarades
lui font observer que cet enfant ne peut toujours
le suivre.

Sans-Quartier répond qu'il faut avant tout con-

naître la volonté de Félix. La vivandière l'inter-
roge, le cajole, Félix donne la préférence à son
grenadier. La vivandière lui montre sa voiture,
son âne ; et l'enfant de montrer les épaules de
son grenadier.

XIe. TABLEAU.

L'amant de la vivandière arrive. Après les pre-
miers transports , la vivandière fait avancer
son âne ; on met une pièce de vin en perce, on
boit, on trinque, on danse, on chante.

SANS-QUARTIER.

Premier Couplet.

Mes amis, trinquons à la ronde :
Au lieu d'un, buvons quatre coups ;
Eh ! qui sait si demain le monde
Ne sera pas fini pour nous ? . . .
Sachons combattre, aimer et boire :
Un jour en guerre, un jour en paix ;
Ne laissons reposer jamais
Les femmes, le vin et la gloire.

Second Couplet.

Quand on boit trop, on y voit trouble :
Le jour d'un combat c'est tant mieux ;
Eh ! morbleu, quand on y voit double,
Au lieu d'un, on en tuera deux.
Sachons, etc.

Troisième Couplet.

Bon buveur, guerrier redoutable,
Chaque Français est un héros ;
Près d'une belle, au camp, à table,
Nous ne craignons point de rivaux.
Sachons, etc.

XII. TABLEAU.

Le ballet est interrompu, ainsi que le chant, par l'arrivée du valet de la vivandière. Il est chargé grotesquement de provisions ; on l'en débarrasse. Comme il s'y trouve quelques friandises , on s'empresse d'en porter à Félix. Le niais, qui voit cet enfant, jette un cri d'étonnement. On l'entoure pour en savoir la cause. Après avoir examiné Félix, il raconte ridiculement comme quoi il a aidé à relever une dame vêtue de telle et telle façon, qui est tombée d'un cinquième étage sans se faire de mal ; qu'elle a perdu son fils à la bataille, etc., et que Félix.... etc. Après ce jeu pantomime, il culbute tout, s'échappe à toutes jambes.... revient.... retourne.... pour revenir et retourner encore.

XIII TABLEAU.

Les grenadiers rient du valet. Le colonel du 46e. vient visiter ses grenadiers ; on lui raconte l'aventure de Félix.

XIV. TABLEAU.

A l'instant, on voit revenir le valet traînant madame Volmare, se faisant jour à travers tous les groupes. Il lui montre son fils dans les bras du colonel.

Madame Volmare se précipite aux pieds du colonel, qui la relève avec dignité ; lui demande l'objet de sa démarche. A l'instant, Félix s'écrie : MAMAN ; chaque personnage peint les divers mouvemens qui l'agitent.

Madame Volmare se confond en remercienrens au colonel.

Le colonel lui dit qu'il n'a pas le bonheur d'avoir pu lui rendre un service aussi signalé.

Félix qui entend ce qu'exprime sa mère, la tire par la main, en lui disant, ce n'est pas lui, mais un grenadier....

Sans-Quartier est modestement confondu dans la foule.

XV TABLEAU.

Félix l'y découvre. Les grenadiers l'amènent sur le devant de la scène. Madame Volmare lui exprime sa reconnaissance et le regret de ne pouvoir payer ses soins. Sans-Quartier fixe attentivement ses regards sur elle, la reconnaît, et tombe à ses pieds.

Madame Volmare, étonnée à son tour, veut savoir comment il sait.... Alors, Sans-Quartier lui donne la bourse qu'il a reçue pour elle de madame Goutman. Attendrissement réciproque.

XVI. TABLEAU.

On entend battre aux champs. Les gardes seulement prennent les armes. Les militaires se rangent; c'est le général en chef. Il distribue des éloges à tous les militaires.

Arrivé au groupe où se trouve le général de

division, le colonel de la 46e. et madame Volmare, etc. . . . . Il salue cette dernière et témoigne
sa surprise de la trouver au camp.

Il apprend son aventure et son bonheur.
— Il fait sergent le grenadier.
Il caresse l'enfant; madame Volmare nomme
son père en tremblant, le général la rassure.

Il promet de tout réparer.

XVII. TABLEAU.

Madame Volmare et Félix se jettent aux pieds
du général.

Le général demande à Félix s'il veut être militaire ; Félix répond qu'il veut servir comme son
père.

XVIII. TABLEAU.

Le colonel, d'après l'ordre du général, le fait
passer sous le drapeau. Il le reçoit fils adoptif du
régiment.

XIX. TABLEAU.

Arrive brusquement madame Goutman qui se
jette à travers tout dans les bras de madame
Volmare.

Après la reconnaissance, Sans-Quartier à son tour embrasse madame Goutman.

Le général, informé de tout, nnit Sans-Quartier à madame Goutman.

XXI. TABLEAU.

Divertissement. — On défile et on pose un tableau général, Félix sur le premier plan.

FIN.

De l'Imprimerie de HOCQUET et Comp., rue du Faubourg Montmartre, n°. 4, au coin du boulevard.

www.ingramcontent.com/pod-product-compliance
Lightning Source LLC
LaVergne TN
LVHW012313050726
842524LV00004B/1378